WOOLF

Le Faux Roman

Traduction de l'anglais
et postface par
Guillaume Villeneuve

Couverture et illustrations
de Marion Bataille

ÉDITIONS MILLE ET UNE NUITS

WOOLF
n° 49

Texte intégral.
Titre original : *An Unwritten Novel.*

ISBN : 2-910233-66-9

Sommaire

WOOLF

Le Faux Roman

Le Faux Roman

Un tel air d'infortune suffisait à lui seul pour que vos yeux glissent sur l'arête du journal vers le visage de la pauvre femme – visage insignifiant sans ce regard et presque transformé grâce à lui en symbole de la destinée humaine. La vie, c'est ce que vous voyez dans les yeux des gens ; la vie, c'est ce qu'ils apprennent et, l'ayant appris, ce dont ils ne cessent jamais, même s'ils cherchent à le cacher, d'avoir conscience – quoi ? Que la vie est comme ça, on dirait. Cinq visages l'un en face de l'autre – cinq visages mûrs – et la connaissance dans chaque visage. Bizarre, tout de même, cette façon dont ils veulent la dissimuler ! Des signes de réticence habitent tous ces visages : lèvres closes, les yeux à demi-fermés, chacun d'eux fait quelque chose pour cacher ou abêtir son savoir. L'un fume ; l'autre lit ; un troisième vérifie des données dans un agenda ; un quatrième fixe la carte du réseau sur la cloison opposée ; et la cinquième... le terrible au sujet de la cinquième, c'est qu'elle ne fait rien du tout. Elle regarde la vie. Ah ! mais ma pauvre femme infortunée, jouez le jeu ! – cachez-le, dans notre intérêt à tous !

Comme si elle m'avait entendue, elle a levé les yeux, s'est légèrement déplacée sur son siège en soupirant. Elle semblait s'excuser et me dire en même temps : « Si seulement vous saviez ! » Puis, de nouveau, elle a regardé la vie. « Mais je sais bien », ai-je répondu silencieusement en jetant un coup d'œil sur le *Times* pour sauver les apparences. « Je sais tout. » La paix entre l'Allemagne et les Alliés a été signée officiellement hier à Paris... M. Nitti, le Premier ministre italien... accident entre un train de passagers et un convoi de marchandises à Doncaster... « Nous savons tous – le *Times* sait –, mais nous prétendons ne pas savoir. » Mes yeux s'étaient une fois de plus insinués au-delà du journal. Elle frissonna, tordit curieusement le bras vers le milieu du dos et secoua la tête. Une fois de plus, je plongeai dans mon grand réservoir de vie. « Prenez ce que vous voulez, continuai-je, les naissances, les morts, les mariages, la gazette de la cour, les mœurs des oiseaux, Léonard de Vinci, le meurtre de Sandhills, les salaires élevés et le coût de la vie, oh ! prenez ce que vous voulez !, répétai-je, tout est dans le *Times* ! » De nouveau, infiniment lasse, elle bougea la tête d'un côté et de l'autre jusqu'à ce que, toupie épuisée de tournis, elle s'immobilise sur son cou.

Le *Times* ne pouvait protéger d'un chagrin aussi grand que le sien. Mais d'autres êtres humains empêchaient les rapports. La meilleure chose à opposer à la vie, c'était de plier le journal de manière qu'il fît un carré parfait, tendu, épais, imperméable à la vie elle-même. Cela fait, je levai rapidement les yeux, armée de mon propre bouclier. Elle le transperça ; elle fixa mes yeux comme si elle sondait quelque sédiment de courage en leur tréfonds et l'humidifiait pour le convertir en argile. Son seul tic rejetait toute espérance, dévalorisait toute illusion.

Et nous traversâmes le Surrey à grand fracas pour passer dans le Sussex. Mais, à force de braquer le regard sur la vie, je n'avais pas vu que les autres voyageurs étaient partis, un à un, jusqu'à ce que, le lecteur de journal excepté, nous fussions seules. Nous arrivions à la gare de Three Bridges. Nous nous alignâmes lentement contre le quai et nous immobilisâmes. Allait-il nous laisser ? Je priai pour l'une et l'autre possibilité – enfin pour qu'il reste. En cet instant, il se releva, froissa dédaigneusement son journal, comme une chose réglée, ouvrit violemment la porte et nous laissa.

La malheureuse, se penchant un peu en avant, m'adressa la parole d'un ton neutre et terne – parla de gares et de vacances, de frères à Eastbourne, de l'époque de l'année – nous étions au début ou à la fin, je ne sais plus. Mais, regardant enfin par la fenêtre et ne voyant, je le savais, que la vie, elle souffla : « Rester loin, c'est ça l'inconvénient » – Ah ! voici que nous approchions de la catastrophe. « Ma belle-sœur » – l'amertume de son ton ressemblait à du citron sur de l'acier glacé et parlant, non pas à moi, mais à elle-même, elle marmonna : « Sottise, disait-elle – c'est ce qu'elles disent toutes », et tout en parlant, elle gigotait comme si la peau de son dos appartenait à une volaille plumée à l'étal d'un boucher.

— Oh cette vache ! lâcha-t-elle nerveusement, comme si la grande vache de bois dans le pré l'avait choquée, lui épargnant quelque indiscrétion.

Puis elle haussa les épaules, répéta le mouvement anguleux que je lui avais vu faire comme si, après ce spasme, une marque la brûlait ou la grattait entre les épaules. De nouveau, elle semblait être la femme la plus malheureuse du monde et je lui fis un autre reproche, quoique sans autant de conviction, car s'il y avait une raison et que je l'apprenais, le stigmate disparaissait.

— Les belles-sœurs, fis-je…

Ses lèvres se retroussaient comme pour cracher du venin sur le mot ; elles restèrent retroussées. Elle n'eut qu'un geste : ôter son gant et frotter énergiquement une tache sur le carreau. Elle frottait comme si elle voulait frotter quelque chose à jamais – une tache, une souillure indélébile. Or la tache demeurait malgré toute son énergie et elle se renfonça sur sa banquette avec le spasme et la contraction du bras à laquelle j'avais commencé de m'habituer. Quelque chose m'obligea à ôter mon gant et frotter ma portion de vitre. Là aussi, il y avait une petite tache sur le verre. Malgré toute mon énergie, elle subsistait. C'est alors que le spasme me parcourut ; j'arquai le bras et me touchai le milieu du dos. Ma peau, elle aussi, devenait comme celle du poulet humide à la vitrine du marchand de volailles ; un endroit me grattait et m'irritait entre les épaules, devenait moite, à vif. Pouvais-je l'atteindre ? Discrètement, je m'y efforçai. Elle me vit. Un sourire d'ironie infinie, de chagrin infini lui traversa le visage et s'estompa. Mais elle avait communiqué, partagé son secret, passé son poison ; elle ne parlerait plus. Je me renfonçai dans mon coin, abritai mes yeux des siens, ne voyant plus que les pentes et les creux, les gris et les pourpres du paysage d'hiver, je saisis son message, déchiffrai son secret, le lus sous son regard fixe.

Hilda est la belle-sœur. Hilda ? Hilda ? Hilda Marsh – Hilda la rubiconde, la mamelue, l'accorte matrone. Hilda se tient devant la porte à l'arrivée du fiacre, une pièce à la main. « Pauvre Minnie, elle ressemble plus que jamais à une sauterelle – le vieux manteau qu'elle avait l'an dernier. Enfin ! avec deux enfants on ne peut pas faire beaucoup mieux, de nos jours. Non, Minnie, je m'en occupe ; voilà, mon brave – ne me racontez pas d'histoires. Entre, Minnie. Oh ! je pourrais te porter *toi*, sans parler de ton panier ! » Et elles pénètrent dans la salle à manger. « La tante Minnie, les enfants ! »

Lentement, les couteaux et les fourchettes quittent la station verticale. Ils descendent de leurs chaises (Bob et Barbara), tendent des mains raides ; remontent sur leurs chaises, le regard fixe entre les nouvelles cuillerées. (Mais passons ; la décoration, les rideaux, la faïence à motif de trèfles, les ellipses jaunes de fromage, les carrés blancs de biscuit – passons… oh ! mais attendez ! Au milieu du repas, l'un de ces spasmes ; Bob la fixe, la cuiller dans la bouche. « Finis ce gâteau, Bob » ; mais Hilda est mécontente. « Pourquoi *faut*-il qu'elle sursaute ? » Passons, passons, jusqu'à l'arrivée sur le palier de l'étage supérieur ; les marches au nez de cuivre ; le linoléum usé ; ah oui ! les petites chambres ouvertes sur les toits d'Eastbourne – les toits en zigzag comme des échines de chenilles, de ce côté, de l'autre, rayés de rouge et de jaune, avec les ardoises bleu-noir).

Maintenant, Minnie, la porte est refermée ; Hilda redescend à l'entresol d'un pas lourd ; vous défaites les lanières de votre panier, vous étendez sur le lit une chemise de nuit défraîchie, alignez côte à côte des pantoufles de feutre fourrée. Le miroir – non, vous évitez le miroir. Quelque disposition méthodique des épingles à chapeau. Peut-être que la boîte en écaille renferme quelque chose ? Vous la secouez ; c'est le même bouton de nacre que l'an dernier – rien d'autre. Et puis le reniflement, le soupir, la station près de la fenêtre. Trois heures par un après-midi de décembre ; il bruine ! une lueur très bas à l'horizon dans un grand magasin de draps ; une autre là-haut dans une chambre de bonne – elle s'éteint. Cela ne lui laisse rien à voir. Un instant de vide – alors, à quoi pensez-vous ? (Laissez-moi l'épier depuis mon siège ; elle s'est endormie ou fait semblant ; alors à quoi peut-elle penser, assise devant la fenêtre à trois heures de l'après-midi ? À la santé, à l'argent, aux collines, à son Dieu ?) Oui, assise à l'extrême bord de la chaise et regardant au-delà des toits d'Eastbourne, Minnie Marsh prie Dieu. Cela est bel et bon ; et elle pourrait aussi bien frotter le carreau, comme pour mieux le voir ; mais quel Dieu voit-elle ? Qui est le Dieu de Minnie Marsh, le Dieu des ruelles d'Eastbourne, le Dieu de trois heures de l'après-midi ? Moi aussi, je vois des toits, et je vois le ciel ; mais, oh Seigneur ! – cet aperçu des dieux ! Il tient davantage du président Kruger que du prince Albert – c'est le mieux que je puisse faire pour lui ; et je le vois sur une chaise, dans une queue de pie noire, et pas si haut que ça, d'ailleurs ; j'arrive à lui trouver un ou deux nuages pour s'asseoir ; et puis sa main alanguie dans la nuée tient une verge, ou est-ce un gourdin ? – noir, épais, plein d'épines – un vieux sadique – le Dieu de Minnie ! A-t-il envoyé l'irritation, la tache et le spasme ? Est-ce là ce qui motive sa prière ? Ce qu'elle frotte sur la vitre, c'est la souillure du péché. Oh ! elle a commis quelque crime !

J'ai toute une série de crimes à ma disposition. Les bois défilent et volent – en été, il y a des campanules ; dans la clairière, ici, à l'arrivée du printemps, des primevères. Une séparation, hein, il y a vingt ans ? Des vœux rompus ? Pas ceux de Minnie !... Elle fut fidèle. Comme elle soignait sa mère ! Toutes ses économies pour la pierre tombale – des couronnes sous une cloche – des jonquilles dans des vasques. Mais je m'égare. Un crime... Ils disaient qu'elle avait gardé son secret, refoulé son secret – sa libido, disaient-ils – les hommes de science. Mais quelle blague de lui coller une libido, à *elle* ! Non... ça s'est plutôt passé comme ça. En descendant les rues de Croydon, il y a vingt ans, les boucles de ruban mauve à la vitrine de la marchande de nouveautés, étincelante de lumière électrique, lui ont tapé dans l'œil. Elle s'attarde... six heures passées. En courant, elle pourra rentrer chez elle. Elle pousse la porte battante vitrée. C'est l'époque des soldes. Les plateaux débordent de rubans. Elle s'arrête, tire celui-ci, tripote celui-là avec les roses en relief.

Pas besoin de choisir, pas besoin d'acheter, chaque plateau offre ses surprises. « Nous ne fermons pas avant sept heures. » Et voici qu'il *est* sept heures ! Elle court, elle vole, à la maison elle arrive, mais trop tard. Les voisins – le médecin – le frère bébé – la bouilloire – ébouillanté – l'hôpital – mort – ou seulement le choc, le reproche ? De toute façon, les détails n'ont pas d'importance ! C'est ce qu'elle porte en elle ; la tache, le crime, la chose à expier, toujours là entre ses épaules. « Oui, semble-t-elle opiner à mon adresse, c'est ce que j'ai fait. »

Que vous l'ayez fait, ou ce que vous avez fait, cela m'est égal ; ce n'est pas ce que je veux. La vitrine du magasin de nouveautés encadrée de violet – cela fera l'affaire ; un peu facile, peut-être, un peu ordinaire puisqu'on a le choix des crimes, mais il est vrai que tant d'eux (glissons un œil, de nouveau – toujours en train de dormir, ou faisant mine de dormir ! Blanche, lasse, la bouche close – un soupçon d'obstination, plus qu'on ne croirait – pas une ombre de libido), tant de crimes ne sont pas *votre* crime ; votre crime fut bon marché, et seule sa punition solennelle ; car aujourd'hui la porte de l'église s'ouvre, le banc de bois dur l'accueille ; sur les carreaux bruns elle s'agenouille ;

chaque jour, hiver comme été, à la brune ou à l'aube (elle s'y livre ici) elle prie. Tous ses péchés tombent, tombent, tombent à jamais. La tache les reçoit. Elle ressort, elle est rouge, elle la brûle. Ensuite elle sursaute. Les petits enfants la montrent du doigt. « Bob au déjeuner aujourd'hui. » Mais les vieilles femmes sont les pires.

Du reste, vous ne pouvez prier davantage. Kruger a sombré sous les nuages – comme emporté sous le gris liquide de la brosse du peintre, à quoi il ajoute un soupçon de noir – même le bout du gourdin a disparu, à présent. C'est toujours ce qui arrive ! Au moment où on l'aperçoit, où on le sent, quelqu'un vous dérange. C'est Hilda, cette fois.

Comme vous la détestez ! Elle va même jusqu'à fermer la porte de la salle de bains pendant la nuit, pardessus le marché, bien que vous ne vouliez que de l'eau froide et parfois, quand la nuit est mauvaise, on a l'impression que se laver arrangerait les choses. Et John au petit-déjeuner – les enfants – les repas sont encore pires, et parfois il y a des invités – les fougères ne les cachent pas complètement – ils devinent, eux aussi ; alors vous sortez sur le front de mer, où les vagues sont grises, et les papiers gras volent, et les abris vitrés sont verts et parcourus de courants d'air, et les chaises coûtent deux sous – trop cher – car il doit y avoir des prédicateurs sur la plage. Ah ! c'est un nègre – drôle de type – il a des perroquets – pauvres petites bestioles ! N'y a-t-il donc personne, ici, qui pense à Dieu ? juste là, au-dessus du môle, avec sa verge – mais non – il n'y a rien que du gris au ciel ou si c'est du bleu, les nuages blancs le cachent, et la musique – c'est une fanfare militaire – et que pêchent-ils donc ? Est-ce qu'ils les attrapent ? Comme les enfants vous fixent ! Bon, eh bien, à la baraque – « À la baraque ! » – Les mots ont un sens ; auraient pu être prononcés par ce vieil homme à moustaches – non, non, il n'a pas vraiment parlé ; mais tout a un sens ; les placards appuyés contre les porches – les noms au-dessus des vitrines, les fruits rouges dans les paniers – les têtes des femmes chez les coiffeurs – tous disent « Minnie Marsh ! » Mais voici un spasme. « Les œufs sont meilleur marché ! » C'est toujours ce qui arrive ! Je la dirigeais droit au-dessus de la cascade, poussée par sa folie, quand, tel un troupeau idéal de moutons, elle file de l'autre côté et me glisse entre les doigts. Les œufs sont meilleur marché. Attachée aux rivages du monde, nul crime, chagrin, rhapsodie ni insanité pour la pauvre Minnie Marsh ; jamais en retard pour le déjeuner ; jamais surprise par l'orage sans imperméable ; jamais tout à fait inconsciente de la valeur des œufs. Ainsi elle arrive à la maison – s'essuie les bottines.

Vous ai-je bien lue ? Mais le visage humain – le visage humain au sommet de la feuille imprimée la plus dense contient davantage, renferme davantage. À présent, les yeux ouverts, elle regarde dehors ; et dans l'œil humain – comment le définir ? – il y a une faille – une division – tant et si bien que lorsque vous saisissez la tige, le papillon s'est envolé – la phalène qui pend dans la soirée sur la fleur jaune – bougez, levez la main, hop, haut, au loin. Je ne lèverai pas la main. Tiens-toi donc tranquille frisson, vie, âme, souffle, quoi que tu sois de Minnie Marsh – moi aussi sur ma fleur – le faucon sur la colline – seul ou que vaudrait la vie ? S'élever ; flotter immobile dans la soirée, à la mi-journée ; flotter immobile sur la colline. En un tour de main – hop, haut ! Et posé de nouveau. Seul, invisible ; voyant toutes choses si calmes en bas, toutes si jolies. Nul ne voit, nul ne s'en soucie. Les yeux d'autrui sont nos prisons ; leurs pensées nos cages. L'air au-dessus, en dessous. Et la lune, l'immortalité... Oh, mais je tombe sur l'herbe ! Êtes-vous tombée, aussi, vous dans le coin, comment vous appelez-vous – bonne femme – Minnie Marsh ; un nom de ce genre ? Et la voici, tout contre sa fleur ; qui ouvre son sac à main, d'où elle tire une coquille vide – qui disait que les œufs sont meilleur marché ? Vous ou moi ? Oh, c'est vous qui le disiez sur le chemin du retour, vous vous rappelez, quand ce vieux gentleman, en ouvrant brusquement son parapluie – ou éternuait-il ? Enfin ! Kruger a disparu et vous êtes rentrée « à la baraque » et avez gratté vos bottines. Oui. Et maintenant, vous étendez un mouchoir de poche sur vos genoux où tombent de petits fragments anguleux de coquille d'œuf – les fragments d'une carte – un puzzle. J'aimerais pouvoir les remettre en ordre ! Si seulement vous vouliez bien rester tranquille. Elle a bougé les genoux – la carte est de nouveau en miettes. Le long des pentes des Andes, les blocs de marbre blanc dévalent et dégringolent à grands bonds, écrabouillent toute une cordée de muletiers espagnols, ainsi que leur convoi – le butin de Drake, l'or et l'argent. Mais revenons…

À quoi, où ? Elle ouvrit la porte et, posant son parapluie dans le porte-parapluies – cela va sans dire ; avec, également, les relents de bœuf venus de l'entresol ; points de suspension. Mais je ne puis éliminer de la sorte ce que je dois, tête baissée, yeux fermés, avec le courage d'un bataillon et l'aveuglement du taureau, charger et disperser, c'est-à-dire, sans aucun doute, les silhouettes derrière les fougères, ces voyageurs de commerce. Je les y ai tous cachés dans l'espoir qu'ils finiraient par disparaître, ou mieux encore, émergeraient comme ils le doivent, si l'histoire doit acquérir sa richesse, sa rondeur, sa destinée et sa tragédie, comme le doivent les histoires, en emmenant dans sa ronde deux ou trois voyageurs de commerce et tout un buisson d'aspidistra. « Les frondaisons des arbustes ne cachaient qu'en partie ces personnages et tout un hallier d'aspidistra. » Tout ! et donne-moi par-dessus le marché ma fête de rouge et de blanc qui me fait tant envie ; mais les rhododendrons à Eastbourne – en décembre – sur la table des Marsh – non, non, je n'ose pas ; c'est affaire de miettes et de ménagères, de fanfreluches et de fougères. Peut-être sera-ce un instant plus tard près de la mer. En outre, j'éprouve, à frôler avec plaisir le guillochage vert et le glacis de verre taillé, un désir d'épier et espionner l'homme en face – un seul, c'est le plus que je puisse faire. C'est James Moggridge, n'est-ce pas, que les Marsh appellent Jimmy ? (Minnie, il faut me promettre de ne pas sursauter jusqu'à ce que j'en aie fini.) James Moggridge est représentant – dirons-nous en boutons ? – mais ce n'est pas encore le moment de les faire intervenir, *eux* – les gros et les petits sur les cartons longs, certains en œil de paon, d'autres d'or terne ; parfois de quartz, ou d'écume de corail – mais je répète que l'heure n'est pas venue. Il voyage et c'est le jeudi, le jour d'Eastbourne, qu'il prend ses repas chez les Marsh. Son visage rouge, ses petits yeux fixes – en aucune manière insignifiants – son énorme appétit (voilà qui est rassurant : il ne regarde pas Minnie avant d'avoir épongé sa sauce à coups de mie de pain), la serviette fourrée en losange dans le jabot – mais c'est si primitif ! et quoi qu'en pense le lecteur, qu'on ne m'y associe pas. Faisons un détour vers la maisonnée des Moggridge, mettons-la en route. Eh bien, James lui-même répare les bottines de la famille le dimanche. Il lit la revue *Truth*. Mais sa passion ? Les roses… et sa femme est une infirmière à la retraite – intéressant… pour l'amour de Dieu, que j'aie une femme qui porte un nom que j'aime ! Mais non ; elle est de ces enfants naturels de l'esprit, illégitime, pas moins aimée pour autant, comme mes rhododendrons. Combien d'entre eux meurent dans chaque roman paru ! – les meilleurs, les plus chers tandis que Moggridge vit. C'est la faute de la vie. Voici Minnie qui mange son œuf en face de moi et au terminus – avons-nous dépassé Lewes ? – doit l'attendre Jimmy – que traduit son spasme ? Moggridge doit être là – la faute de la vie. Elle impose ses lois ; elle obstrue le passage ; la vie est derrière la fougère ; elle est tyrannique ; oh, mais elle ne vous rudoie pas ! Non, car je vous assure que je viens de mon plein gré ; je franchis, séduite par Dieu seul sait quelle compulsion, les fougères et les ménagères, les tables tachées et les bouteilles souillées. Je viens irrésistiblement me loger quelque part sur la chair ferme, dans l'échine robuste, partout où je peux pénétrer ou prendre appui dans la personne, dans l'âme du bonhomme Moggridge. L'énorme stabilité de la charpente ; l'échine ferme comme os de baleine, droite comme un fût de chêne ; les côtes irradiant leurs branches ; la chair tendue comme une toile goudronnée ; les creux rouges ; l'aspiration et la régurgitation du cœur ; tandis que par là-haut dégringole la viande en cubes brunâtres, que la bière dévale pour être de nouveau barattée en sang – et c'est ainsi qu'on arrive aux yeux. Derrière l'aspidistra, ils voient quelque chose : noir, blanc, effrayant ; puis l'assiette encore une fois ; derrière l'aspidistra, ils voient une femme âgée ; « la sœur de Marsh, Hilda est plus mon genre » ; la nappe, maintenant. « Marsh saura ce qui ne va pas avec les Morris… », on en discute ; le fromage est servi ; l'assiette encore ; on la fait pivoter – les doigts énormes ; à présent la femme d'en face. « La sœur de Marsh… ressemble pas du tout à Marsh ; une misérable vieille fille… Va nourrir tes poules… Seigneur ! qu'est-ce qui la fait se trémousser ? Pas ce que j'ai dit, au moins ? Seigneur, Seigneur ! ces vieilles bonnes femmes. Seigneur ! » (Oui Minnie ; je sais que vous avez sursauté, mais un moment… James Moggridge.)

« Seigneur, Seigneur ! » Comme ce son est beau ! comme le coup d'un maillet sur un bois apprêté, comme la pulsation du cœur sur un antique baleinier quand les vagues épaisses l'assaillent, que le vert est opaque. « Seigneur, Seigneur ! » Quel glas pour les âmes des accablés, les calmer et les consoler, les envelopper dans de la toile de lin en disant : « Au revoir. Bonne chance à vous ! », et ensuite : « Qu'y a-t-il pour votre plaisir ? », car même si Moggridge acceptait de lui couper sa rose, c'en est fait, c'est fini. Et maintenant, qu'est-ce qui suit ? « Madame, vous allez manquer votre train », car ils ne traînent pas.

Ce sont les manières du bonhomme ; c'est le son qui se réverbère ; c'est Saint-Paul et les autobus. Mais nous époussetons les miettes. Oh, Moggridge, vous ne voulez pas rester ? Vous devez vous sauver ? Allez-vous traverser Eastbourne cet après-midi dans l'une de ces petites voitures ? C'est vous, le bonhomme environné de boîtes vertes en carton, qui siège parfois si solennel, les yeux fixes comme un sphinx quand toujours flottent cette allure sépulcrale, ce parfum de croque-mort, de cercueil et de crépuscule autour du cheval et du cocher ? Dites-moi… mais les portes ont claqué. Nous ne nous reverrons jamais. Moggridge, bon voyage !

Oui, oui, j'arrive ! Tout en haut de la maison. Je m'attarde un instant. Comme la boue encercle l'esprit ! quel tourbillon laissent ces monstres, les eaux qui dansent, les algues qui s'agitent, tantôt noires tantôt vertes, et s'abaissent vers le sable jusqu'à ce que les atomes se rassemblent par degrés, que se décante le dépôt, que les yeux voient de nouveau clairement et calmement et que vous vienne aux lèvres quelque prière pour le défunt, quelque rite funèbre pour les âmes de ceux qu'on salue d'un signe de tête, ces gens qu'on ne reverra jamais.

James Moggridge est mort, aujourd'hui, parti à jamais. Eh bien, Minnie – « je ne peux plus y arriver ».

Si elle a dit ça… (Regardons-la, un peu : elle époussette la coquille d'œuf dans de profondes anfractuosités). Elle l'a certainement dit, appuyée contre le mur de la chambre, en jouant avec les petits glands qui bordent le rideau lie-de-vin. Mais quand le moi parle au moi, qui parle ? – l'âme inhumée, l'esprit pourchassé jusque dans la catacombe du centre ; le moi qui a pris le voile et quitté le monde – un lâche peut-être, mais non sans beauté quand il agite sa lanterne de bas en haut, sans arrêt, dans le couloir obscur. « Je ne peux plus y arriver », dit son esprit. « Cet homme à déjeuner – Hilda – les enfants… » Oh, Ciel ! ses sanglots ! C'est l'esprit pleurant son destin, l'esprit pourchassé de-ci, de-là, réfugié sur les tapis rongés – misérables appuis – lambeaux rétrécis de tout l'univers disparaissant – l'amour, la vie, la foi, le mari, les enfants, je ne sais quelles splendeurs et spectacles aperçus dans l'enfance. « Pas pour moi… pas pour moi. »

Mais alors – les muffins, le vieux chien chauve ? Napperons de dentelle, j'ai l'impression, et la consolation des caleçons longs. Si Minnie Marsh était écrasée et qu'on l'emmenait à l'hôpital, les infirmières et les médecins pousseraient les hauts cris… Il y a une perspective, une vision – la distance – la tache bleue au bout de l'avenue, et après tout le thé est fort, le muffin chaud et le chien… « Benny, au panier, mon garçon ! regarde ce que mémère t'a apporté ! » Ainsi, vous emparant du gant au pouce usé, défiant une fois de plus le démon ravisseur qui troue toutes choses, vous rénovez les fortifications, retricotez la laine grise, un tour en avant un tour en arrière.

Un tour à l'endroit, un tour à l'envers, à droite et à gauche, vous tissez une toile à travers laquelle Dieu lui-même – chut ! pas un mot sur Dieu ! Comme les mailles sont solides ! Vous pouvez être fière de cette reprise. Que rien ne la dérange. Que la lumière retombe avec douceur, que les nuages révèlent un gilet intime d'un vert tendre de première feuille. Que le moineau se pose sur le rameau et secoue la goutte d'eau suspendue sur son coude... Pourquoi lever les yeux ? Fut-ce un son, une pensée ? Oh, Ciel ! Encore à songer à ce que vous avez fait, à la vitrine et aux boucles mauves ? Mais Hilda viendra. Les ignominies, les humiliations, oh ! Comblez la brèche.

Ayant ravaudé son gant, Minnie Marsh le range dans le tiroir qu'elle referme avec énergie. J'aperçois son visage dans le miroir. Les lèvres sont pincées. Le menton tendu en avant. Puis elle lace ses chaussures. Elle porte la main à la gorge. Qu'est-ce que cette broche ? Du gui ou un bréchet ? Et que se passe-t-il ? Sauf grave erreur de ma part, le pouls s'est accéléré, l'heure vient, les aiguilles filent, le Niagara nous attend. Voici la crise ! Le Ciel soit avec vous ! Elle descend. Courage, courage ! Fais face, sois toi-même !

Pour l'amour de Dieu, n'attends pas sur le paillasson maintenant ! Voici la porte ! Je suis de ton côté. Parle ! Affronte-la, affronte son âme !

— Oh, je vous demande pardon ! Oui, c'est Eastbourne. je vais vous aider à la descendre. Attendez que je prenne la poignée. (Mais Minnie, bien que nous sauvions les apparences, je vous ai percée – je suis de votre côté, à présent.)

— C'est là tout votre bagage ?

— C'est bien aimable, pour sûr.

(Mais pourquoi regarder autour de vous ? Hilda ne viendra pas à la gare, pas plus que John ; et Moggridge arpente l'autre côté d'Eastbourne.)

— Je vais veiller près de mon sac, m'dame, c'est plus sûr. Il m'a dit qu'il allait me retrouver… Oh, le v'là ! C'est mon fils.

Et ils s'éloignent ensemble. Eh bien ! je suis anéantie… Pas de doute, Minnie, vous savez mieux que moi ce que vous faites ! Étrange jeune homme… Stop ! Je vais le lui dire – Minnie ! – Miss Marsh ! – mais je ne suis pas sûre, malgré tout. Il y a quelque chose de bizarre dans la manière dont son manteau se gonfle au vent. Oh, mais c'est impossible, c'est indécent !… Regardez comme il se penche au passage du portillon. Elle trouve son billet. À quoi ça rime ? Les voilà partis, côte à côte, sur la route… Eh bien ! c'en est fait de mon univers ! Où suis-je ? Que sais-je ? Ce n'est pas

Minnie. Il n'y eut jamais de Moggridge. Qui suis-je ? La vie est nue comme un os.

Et pourtant, le dernier aperçu que j'en ai – lui qui s'écarte du trottoir, elle qui le suit au coin du grand bâtiment m'emplit d'émerveillement – m'envahit et me rénove. Mystérieuses silhouettes ! Mère et fils. Qui êtes-vous ? Pourquoi descendre la rue ? Où ce soir allez-vous dormir, et puis demain ? Oh ces tourbillons, cette houle ! – me voici renflouée ! Je leur emboîte le pas. Les gens vont et viennent. Crachin de lumière blanche puis averse. Vitrines biseautées. Œillets ; chrysanthèmes. If dans les jardins obscurs. Charrettes de lait devant la porte. Où que j'aille, mystérieuses silhouettes, je vous vois, tournant au coin de la rue, mères et fils ; vous, vous et vous. Je me hâte, je vous suis. Ceci, j'imagine, doit être la mer. Gris est le paysage ; opaque comme les cendres ; l'eau murmure et se meut. Si je tombe à genoux, si j'observe le rituel, les antiques salamalecs, c'est vous, silhouettes inconnues, vous que j'adore ; et que j'ouvre les bras, c'est toi que j'accueille, toi que j'attire vers moi – adorable monde !

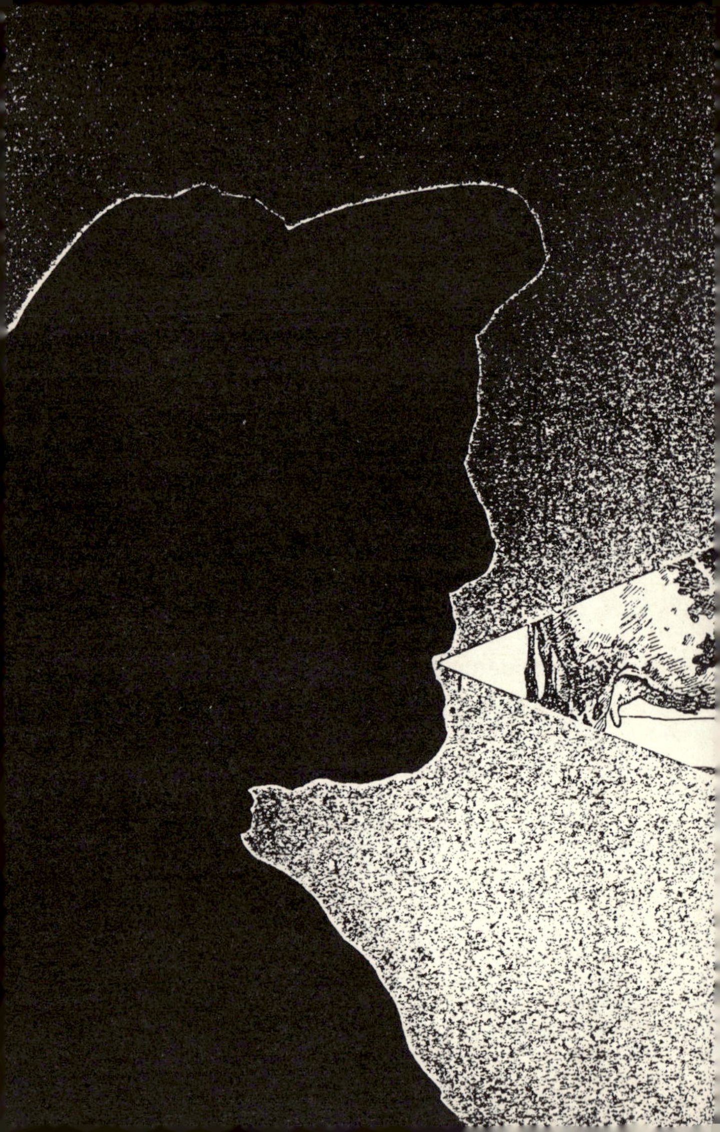

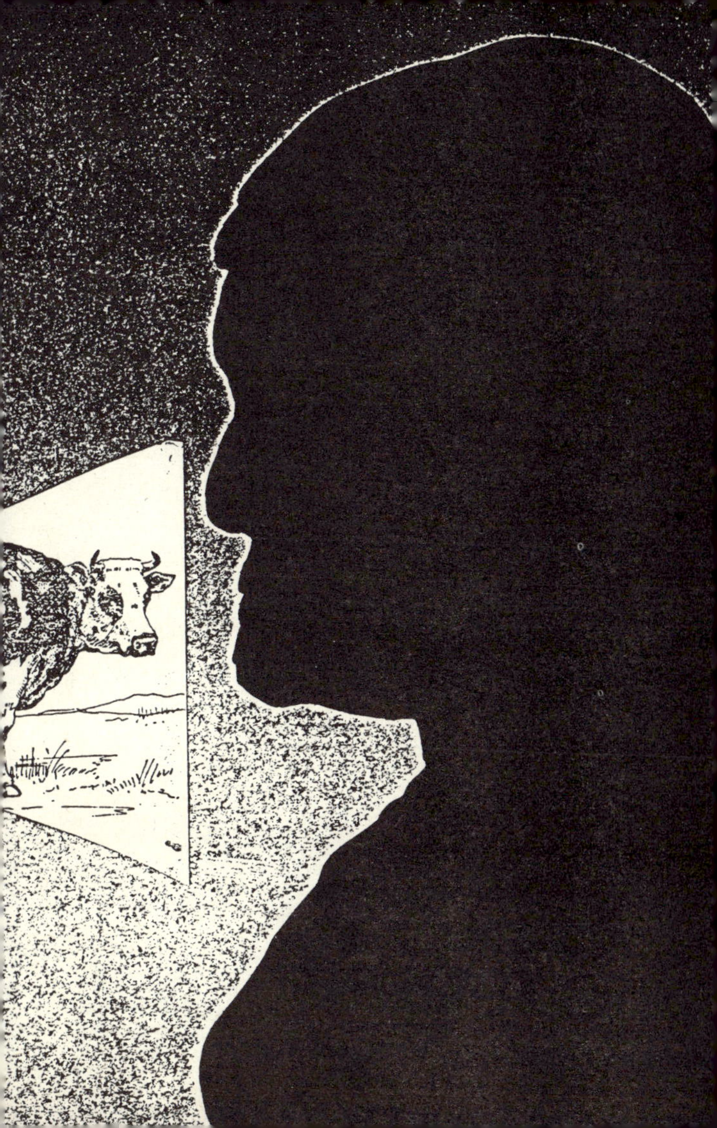

La recherche de la vérité

Il en va de Virginia Woolf et du *Faux Roman* traduit ici comme d'une promenade automnale sous des arbres jaunes, quand le pied foule des monceaux de feuilles mortes, que « l'eau creuse des trous grands comme des tombeaux », que le gravier et le sable sont ravinés. C'est un récit qui se défait en se faisant, un anti-roman. La romancière nous y offre une expérience littéraire, de celles qui lui étaient coutumières dans ses nouvelles, lieu idéal, chambres noires de développements expérimentaux, pépinières où faire germer les divagations suscitées par un voyage imaginaire.

Comment, nous dit la narratrice qui ressemble furieusement à Virginia Woolf, s'accommoder du mystère de l'altérité, d'un visage qui nous frappe dans un compartiment de train, d'une tête qui parle et dévide spontanément une histoire ? Comment, ensuite, s'accommoder du mystère de notre propre être, réconcilier les disparités incompréhensibles avec l'idée de l'Un, vers quoi tout devrait converger, en dernière analyse ?

Sans cesse, tout au long du texte, la narratrice, le voyageur et nous sommes ballottés entre l'attirance de la mesure et du sens et celle de la démesure, de la disproportion, de la folie, ballottés entre la lumière grecque chère à Virginia Stephen, la jeune helléniste éprise de Platon et de sa maïeutique rigoureuse, abhorrant d'instinct, comme tous ses compagnons bloomsberries*, la « folie de la croix », et l'*hybris* d'un monde occidental qui engendra le conflit atroce qui le détruisit (*Le Faux Roman* paraît en 1920, deux ans après le séisme de 1914-1918), cette démesure qui finira par submerger la romancière en 1941. Et le premier axiome de la mesure, c'est qu'on ne doit pas révéler franchement le sens de la vie : « Des signes de réticence habitent tous ces visages. » La démesure, c'est-à-dire la vérité, se révolte devant cette mascarade sous forme d'une démangeaison, insupportable, évidente, qui éveille aussitôt l'attention de tous ceux, enfants, voyageurs de commerce, sœur…, qui en sont témoins et se satisfont, en apparence, du non-être. Vérité brutale, donc, qui triomphe des remparts de la vie édulcorée, travestie, sous ses espèces journalistiques. Vérité qui réfute les égards imposés par la politesse, laquelle empêche qu'on exprime la haine des sœurs, le remords du péché originel, à l'origine d'une bonne partie de l'insoutenable démesure, mal positif et non absence d'un bien comme le maintenaient les Grecs, péché communicatif : « Quelque chose m'obligea à ôter mon gant et frotter ma portion de vitre. »

* On nomme ainsi les membres du groupe de Bloomsbury (quartier de Londres).

S'efforcer de percer l'incongruité d'autrui, en effet, c'est se voir brutalement renvoyé à soi, c'est hériter magiquement de ses tares et de ses souffrances : tel Baudelaire, Virginia Woolf ne voit d'histoire qu'au malheur, aux « négresses amaigries et phtisiques », au « grand cygne, avec ses gestes fous » : Minnie, Miss Marsh, est de la race des vaincus maladroits, d'avance condamnés par leur sensibilité. Pour miss Marsh, la question ontologique se pose en permanence et la solitude (« Seul ou que vaudrait la vie ? ») lui est bénédiction qui permet – presque – de la résoudre. Hélas, son Dieu n'est qu'un personnage sadique et sa foi – c'est la narratrice intellectuelle qui juge – un opium dérisoire.

Notons ici comment l'imagination, la divagation woolfienne, renforce la spéculation pure, idéale, et non la sensualité : l'icône de Dieu s'efface sous « la brosse du peintre » (et Virginia Woolf, comme ses amis du groupe de Bloomsbury, tenait la peinture pour un art éminemment cérébral) ; le péché de Minnie fut sensuel, fut de succomber à l'attrait des rubans et de la vitrine (revue, du reste, de très haut, depuis la chambre au sommet de la maison, car l'économie d'un texte construit et plus classique qu'il ne semble reproduit, à deux pages de distance, les temps longs de l'existence…).

Si la reprise au gant, le maillage alternatif « triomphe du démon ravisseur qui troue toutes choses », si l'on peut en être fier, elle n'éradique pas le scrupule de l'imaginative narratrice (« Dans l'œil humain – comment le définir ? – il y a une faille – une division – tant et si bien que lorsque vous saisissez la tige, le papillon s'est envolé »), mise en garde qui nous prépare peut-être à une pirouette surprenante, à une fin comique et non « tragique », à une fin abrupte et non « ronde » et à comprendre que le texte nous laissera sur notre faim.

La tragédie, pourtant, est là, sous le masque passablement grotesque de James Moggridge en qui prospèrent voracité, sensualité, dont les « petits yeux fixes » verront « quelque chose : noir, blanc, effrayant » – la mort, évidemment. Moggridge est pris entre le rouge de ses roses et le vert de ses boîtes en carton, assis dans une carriole qui ressemble furieusement à un corbillard : « Nous ne nous reverrons jamais. » Et suivent les algues qui s'agitent, la « prière pour le défunt », le scandale – ou la paix ? – de la mort. La sensualité sans conscience est implicitement condamnée.

Minnie Marsh, à son tour, est essentiellement tragique, une de ces âmes poursuivies par le remords, la faiblesse, dont l'esprit « ne peut plus y arriver », pleure son destin, âme rétrécie comme peau de chagrin dans ses virtualités, virtualités menacées qui sont celles de l'écrivain et de la narratrice.

Nous sommes une nouvelle fois confrontés au scandale, à la brèche ; derechef notre guide ès proportions cherche à la combler (« Mais Hilda viendra »), aussitôt contredite par le désir de vérité qui exhorte Minnie à « être soi-même ».

La voyageuse obéit au désir muet de la narratrice et la surprise est d'abord pour celle-ci puis pour nous ! : elle n'est pas Minnie Marsh ; elle attend son fils, elle le lui avait révélé avant que l'autre ne monologue, croyant dialoguer. Le mystère reste entier. « Où suis-je ? Que sais-je ? Ce n'est pas Minnie. Il n'y eut jamais de Moggridge. Qui suis-je ? La vie est nue comme un os. »

En définitive, la recherche de la vérité n'est-elle pas toujours déçue ? Ne serait-ce le scepticisme qui triomphe, la description pure – « crachin de lumière blanche puis averse », etc. – dont le développement (définitivement impossible) reste à faire ? La vision recèle une vérité différente selon l'agrandissement (le *blowing-up*) opéré, la conscience, poussée à ce degré d'autonomie fébrile, est maladive, monadique, quasi carcérale et, loin d'approcher autrui, nous en éloignerait. Or la nouvelle, en dépit de sa fausse analyse, de sa pirouette ultime, de son constat d'échec, s'achève sur une exclamation d'amour à l'univers dans sa richesse. Comment l'expliquer ?

Guillaume Villeneuve

Vie de Virginia Woolf

25 janvier 1882. Naissance de Adeline Virginia Stephen, troisième de quatre enfants, issus du mariage de Leslie Stephen et de Julia Prinsep Duckworth, née Jackson, au 22 Hyde Park Gate, à Londres.

1895. Mort de la mère de Virginia. Première dépression de Virginia.

1897. Virginia commence à tenir un journal régulier. En juillet, mort de Stella, demi-sœur de Virginia, mariée depuis quelques mois. Virginia suit des cours de grec et d'histoire au King's College. Ces cours, auxquels s'adjoint l'étude du latin, dureront plusieurs années.

1899. Thoby, frère aîné de Virginia, entre à Cambridge, en compagnie notamment de Lytton Strachey et de Leonard Woolf.

1902. Violet Dickinson devient la meilleure amie de Virginia, amitié qui durera plusieurs années.

1904. Mort du père de Virginia et début d'une deuxième grave dépression avec tentative de suicide. Déménagement de Virginia Stephen et de sa sœur Vanessa dans Bloomsbury.

1905. Tous les jeudis soirs, la maison des Stephen s'ouvre aux amis de Thoby, qui comptent des critiques, des peintres, des historiens, des économistes. Virginia enseigne au Morley College.

1906. Après un voyage en Grèce, Thoby meurt d'une fièvre typhoïde.

1907. Vanessa épouse Clive Bell, un critique qui faisait partie du cercle du « jeudi soir ». Virginia entreprend la rédaction de son premier livre, *Melymbrosia* (*The Voyage Out*).

1909. Voyage de Virginia à Bayreuth.

1910. Sa santé incertaine l'oblige à séjourner dans une maison de santé de Twickenham pendant l'été. Elle travaille bénévolement au « Women's Suffrage », organisme militant pour le droit de vote des femmes.

1911. Elle entame les démarches pour une installation au 38, Brunswick Square, à Londres, et à Asham House, à la campagne. À partir du mois de novembre, elle inaugure une vie commune avec Adrian Stephen, Maynard Keynes, Duncan Grant et Leonard Woolf.

1912. Virginia va consulter un psychiatre. Elle épouse Leonard Woolf le 10 août. Lune de miel en Provence, en Espagne et en Italie.

1913. Virginia confie le manuscrit de *La Traversée des apparences* (commencé en 1907) à son demi-frère Gerald Duckworth. En juillet, elle est hospitalisée suite à une nouvelle dépression. En septembre, elle fait une tentative de suicide. Elle est transportée à Asham.

1914. Les Woolf s'installent à Richmond.

1915. Le 1er janvier, Virginia recommence à tenir son journal. Début des activités de la Hogarth Press, maison d'édition des Woolf. En mars, nouvelle hospitalisation. Publication de *La Traversée des apparences.*

1917. Collaboration au *T.L.S. (Times Literary Supplement)*. Les Woolf font l'acquisition d'une presse à imprimer.

1918. Fin de la rédaction de son deuxième roman, *Nuit et Jour*. Virginia voit Katherine Mansfield à Hampstead.

1919. Départ d'Asham et installation à Rodmell.

1920. Rédaction de *La Chambre de Jacob*. Virginia et Katherine se voient à deux reprises durant l'année.

1921. Publication de *Lundi ou Mardi*, un recueil de nouvelles qui comprend notamment *Le Faux Roman*.

1922. Première rencontre avec Vita Sackville West. Parution de *La Chambre de Jacob*.

1923. Mort, à Avon, de Katherine Mansfield. Début de la rédaction de *Mrs Dalloway*.

1924. Installation à Tavistock Square, à Londres. Séjour chez Vita pendant l'été.

1925. Virginia mène une vie très mondaine à Londres. En décembre, elle séjourne à nouveau chez Vita. Début de la liaison sexuelle des deux femmes. Publication du *Manuel de lecture* (recueil d'articles et de critiques).

1926. Sa relation avec Vita s'intensifie. Virginia est très affectée par l'absence de son amie, partie en voyage en Perse pour plusieurs mois.

1927. Parution de *La Promenade au phare* et début de la rédaction d'*Orlando*.

1928. Virginia reçoit le prix Femina. Délaissée par Vita pour Mary Campbell, Virginia, jalouse, est très touchée par cette « trahison ». Les deux femmes se réconcilient rapidement, leur relation se transformant en amitié. En septembre, elles voyagent ensemble en France. Parution d'*Orlando*.

1929. Les Woolf assistent au congrès travailliste à Brighton. Publication d'*Une chambre à soi*.

1931. Publication des *Vagues*.

1932. Mort de Lytton Strachey. Publication d'un second *Manuel de lecture*.

1933. Parution de *Flush* et début de la rédaction des *Années*.

1934. Les Woolf assistent aux *Noces de Figaro*, au festival de Glyndebourne.

1936. Fin de la rédaction des *Années*. Virginia connaît une grave dépression.

1939. Déménagement de Tavistock à Mecklenburg Square.

1940. Les Woolf, qui vivent à Rodmell, décident de se suicider si la menace allemande qui pèse sur l'Angleterre se concrétise. Les raids aériens quotidiens sur Londres endommagent gravement la maison de Mecklenburg Square.

1941. Virginia achève de rédiger *Entre les actes (Pointz Hall)*. Virginia Woolf se suicide par noyade le 28 mars, à Rodmell.

Repères bibliographiques

Ouvrages de Virginia Woolf

- *Années*, Le Livre de poche, 1985.
- *Entre les actes*, Le Livre de poche, 1986.
- *Instants de vie*, Le Livre de poche, 1988.
- *Journal d'un écrivain*, Christian Bourgois, 1994.
- *La Chambre de Jacob*, Le Livre de poche, 1984.
- *La Fascination de l'étang*, Le Seuil, collection Points Romans, 1991.
- *La Mort de la phalène*, Le Seuil, collection Points Romans, 1982.
- *La Promenade au phare*, Le Livre de poche, 1983.
- *La Traversée des apparences*, Flammarion, 1985.
- *Les Vagues*, Le Livre de poche, 1982.
- *Mrs Dalloway*, Le Livre de poche, 1982.
- *Orlando*, Le Livre de poche, 1982.
- *Romans et nouvelles (1917-1941)*, Flammarion, La Pochothèque, 1993.

Études sur Virginia Woolf

- BELL (Quentin), *Virginia Woolf*, 2 vol., Stock, 1974.
- BRAGANCE (Anne), *Virginia Woolf ou la Dame sur le piédestal*, Éditions des Femmes, 1984.
- DEFROMONT (Françoise), *Virginia Woolf, vers la maison de lumière*, Éditons des Femmes, 1985.
- DELATTRE (Floris), *Le Roman psychologique de Virginia Woolf*, Vrin, 1967.
- NATHAN (Monique), *Virginia Woolf*, Le Seuil, collection Microcosmes, 1975.
- PELLAN (Françoise), *Virginia Woolf, l'ancrage et le voyage*, PUL, 1994.
- ROSE (Phillys), *Virginia Woolf*, La Manufacture, 1987.
- « Virginia Woolf », numéro de la revue *Europe*, n° 676-677, 1985.

Mille et une nuits propose des chefs-d'œuvre pour le temps d'une attente, d'un voyage, d'une insomnie…

Dans la même collection

1. Épicure, *Lettre sur le bonheur.* 2. Stendhal, *Ernestine ou La Naissance de l'amour.* 3. Sade, *Dialogue entre un prêtre et un moribond.* 4. Edgar Poe, *Le Scarabée d'or.* 5. Charles Perrault, *Peau d'Âne.* 6. Ovide, *Remèdes à l'amour.* 7. Guy de Maupassant, *Un fils.* 8. Heinrich von Kleist, *Sur le théâtre de marionnettes.* 9. Miguel de Cervantes, *L'Amant généreux.* 10. Charles Baudelaire, *La Fanfarlo.* 11. Honoré de Balzac, *Le Chef-d'Œuvre inconnu.* 12. Jack London, *Un steak.* 13. Khalil Gibran, *Le Prophète.* 14. Franz Kafka, *Le Verdict.* 15. Arthur Rimbaud, *Une saison en enfer.* 16. Nicolas Gogol, *Le Portrait.* 17. Victor Hugo, *Claude Gueux.* 18. Sénèque, *De la brièveté de la vie.* 19. Émile Zola, *J'accuse.* 20. Gustave Flaubert, *Dictionnaire des idées reçues.* 21. Voltaire, *Micromégas.* 22. Katherine Mansfield, *Félicité.* 23. Cesare Pavese, *La Trilogie des machines.* 24. Marcel Proust, *Sur la lecture.* 25. *Cantique des Cantiques.* 26. Guy de Maupassant, *Le Horla.* 27. Alexandre Pouchkine, *La Dame de pique.* 28. Luigi Pirandello, *Le Voyage.* 29. Molière, *Dom Juan.* 30. Paul Lafargue, *Le Droit à la paresse.* 31. Prosper Mérimée, *Carmen.* 32. Gustave Flaubert, *Un cœur simple.* 33. François Rabelais, *Pantagrueline Prognostication.* 34. Italo Svevo, *Le Vin du salut.* 35. Hermann Hesse, *Lettre à un jeune artiste.* 36. Ivan Tourgueniev, *Apparitions.* 37. Sappho, *Le Désir.* 38. Honoré de Balzac, *Une passion dans le désert.* 39. Herman Melville, *Bartleby.* 40. Raphaël Confiant, *Bassin des Ouragans.* 41. Mikhaïl Boulgakov, *Diablerie.* 42. Jules Barbey d'Aurevilly, *Le Bonheur dans le crime.* 43. *L'Ecclésiaste.* 44. Fiodor Dostoïevski, *Bobok.* 45. Robert Louis Stevenson, *Les Gais Lurons.* 46. Théophile Gautier, *Lettre à la Présidente.* 47. Stendhal, *Le Coffre et le Revenant.* 48. Karl Marx-Friedrich Engels, *Manifeste du Parti communiste.* 49. Virginia Woolf, *Le Faux Roman.* 50. Primo Levi, *Le Devoir de mémoire.* 51. Omar Khayyām, *Quatrains.* 52. Épictète, *Manuel.* 53. Blaise Pascal, *Discours sur les passions de l'amour.* 54. Alfred de Musset, *Le Fils du Titien.*

Pour chaque titre, le texte intégral, une postface, la vie de l'auteur et une bibliographie.

Achevé d'imprimer en décembre 1994,
sur papier recyclé Ricarta-Pigna par G. Canale & C. SpA (Turin)